다시 찾은 나의 반쪽

글 엄계옥

경북 울진군 온정에서 태어난 작가 엄계옥은 만해 한용운 선생님이 창간한 문학지 《유심》 복간에 2011년 시 「허기를 현상하다」가 당선되어 문단에 데뷔했다. 이후 『내가 잠깐 한눈 판 사이』 『시리우스에서 온 손님』 『눈 속에 달이 잠길 때』를 발간했다.
시와 수필 동화, 장르를 넘나드는 문단활동으로 장편동화 『시리우스에서 온 손님』과 수필집 『눈 속에 달이 잠길 때』는 독자들의 좋은 반응을 얻고 있다.

그림 백다혜

시각디자인을 전공하고 패션브랜드 브랜딩, 편집디자이너를 거쳐 현재는 프리랜서 일러스트레이터로 활약하고 있다.

문해동화
다시 찾은 나의 반쪽

2023년 02월 25일 초판 발행
2023년 11월 05일 재판 발행

지은이　엄계옥
그　림　백다혜
펴낸이　이순옥
펴낸곳　도서출판 문화의힘
　　　　대전 동구 대전천북로 30-2
　　　　042-633-6537
　　　　E. mh6537@daum.net
ISBN 979-11-87429-92-0　　　값 10,000원

이 책의 내용과 그림은 무단으로 복재하거나 전재를 금합니다.
이 책은 한국예술인복지재단의 지원을 받아 발행하였습니다.

문해동화

다시 찾은 나의 반쪽

엄계옥 글 | 백다혜 그림

차례

잃어버린 나를 찾아서 ············ 6

산보다 높은 배움의 문턱 ········ 12

모음 여섯 글자 ················ 18

모음 스물한 글자 ············· 24

자음소리 ····················· 32

말소리의 생성 원리 ············ 40

자음과 받침소리 ············· 48

무의식과의 화해 ············· 58

지은이 말 ···················· 60

처음이었습니다.

커다란 도전이었습니다.

몰랐습니다.

그것이 그 아이에게로 가는

첫걸음이라는 것을!

늘 깜깜한 어둠 속에 혼자 있는 것 같았습니다.

그렇게 시작이 되었습니다.

한 걸음 한 걸음

가다 서다

비틀 비틀

삐뚤 빼뚤

글자를 따라

집을 나섰습니다.

도착한 곳이 문해학교 앞이었습니다.

그 앞에서 돌아서길 수십 번

'그까짓 것

목숨줄 좌지우지 하던 보릿고개도 넘었는데

이까짓 발등 높이만 한 문턱 하나 못 넘을까.'

그러나 그 문은

태산보다 높았습니다.

매번 돌아서기 일쑤였습니다.

부끄러움보다 용기가 앞서던 날,

그 문턱을 넘었습니다.

입학을 하고 집으로 돌아가는데

설레어 눈물이 났습니다.

너무 기뻐서 시멘트 바닥을 뚫고 나온

민들레한테 말하지 않을 수가 없었습니다.

"민들레야, 너에게만 말할게."

누가 들을까봐 가까이 다가가서

속삭였습니다.

"이건 비밀인데 나 문해학교에 입학했어.

자식에게도 남편에게도 절대로 말하면 안 돼."

지나가는 바람이 엿들었습니다.

민들레가 하얗게 센 머리를

끄덕여 주었습니다.

수업 첫날,

선생님을 따라 소리를 내었습니다.

ㅏ ㅓ ㅗ ㅜ ㅡ ㅣ

목에서 괴상한 소리가 났습니다.

내 목소리지만 남의 소리 같았습니다.

ㅏ ㅓ ㅗ ㅜ ㅡ ㅣ ㅐ ㅔ

그 소리는

한 마리 짐승이 우는 소리 같았습니다.

부끄러워 뒤통수가 뜨거웠습니다.

'여직 뭐하느라 한글도 못 깨쳤니?'

내 안에서 들리는 절규였습니다.

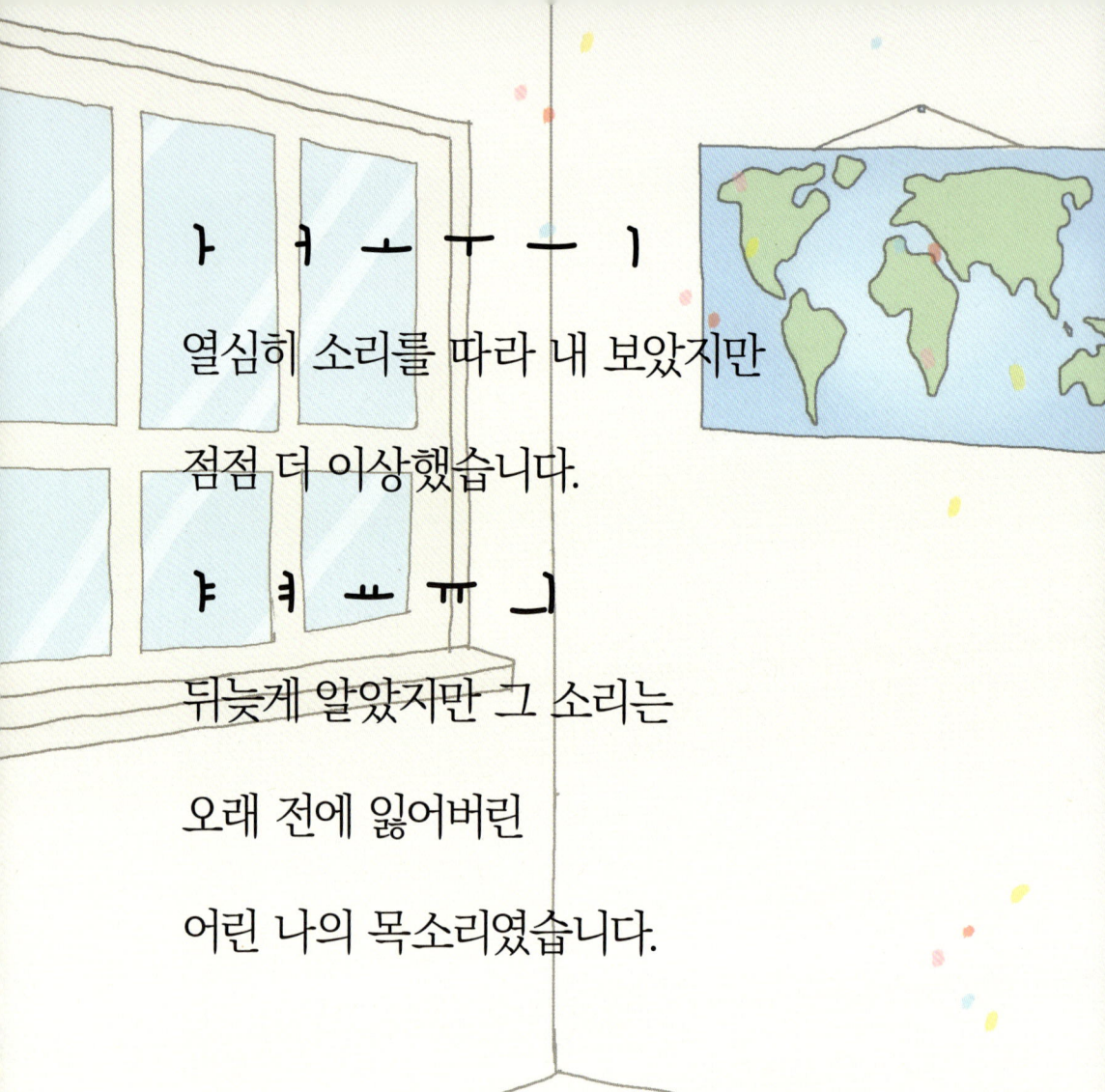

ㅏ ㅓ ㅗ ㅜ ㅣ

열심히 소리를 따라 내 보았지만

점점 더 이상했습니다.

ㅑ ㅕ ㅛ ㅠ ㅢ

뒤늦게 알았지만 그 소리는

오래 전에 잃어버린

어린 나의 목소리였습니다.

그러다가 차츰 소리가

모양 집을 찾아갔습니다.

ㅏ ㅓ ㅗ ㅜ ㅡ ㅣ ㅔ ㅐ

ㅑ ㅕ ㅛ ㅠ ㅢ

ㅖ ㅞ ㅘ ㅚ ㅙ ㅝ ㅟ ㅞ

그러던 어느 날이었습니다.

선생님이 '가을'이라는

동요를 가르쳐 주었습니다.

가을이라 가을바람 솔솔 불어오니……

가을이라 가을바람 솔솔~

그 노래를 따라

옛집으로 가게 되었습니다.

언덕 너머 다 쓰러져가는 초가지붕 처마 밑에

웅크리고 앉아 울고 있는 어린 내가 보였습니다.

아이는 땅바닥에

글자가 되지 못하는 낙서를 하고 있었습니다.

ㄱ ㄴ ㅁ ㅅ ㅇ

가만히 다가가 손 내밀었습니다.

그 아이는 나를 보더니 입을 삐쭉이며

울먹였습니다.

ㄱ···그   ㄴ···느

ㄷ···드   ㄹ···르

무언가 말을 하고 싶어 했지만

알 수 없는 소리였습니다.

ㅁ···므   ㅂ···브

ㅅ···스   ㅈ···즈

내가 오기만을

손꼽아 기다린 그 아이.

나는 어린 나를 와락 껴안았습니다.

부둥켜 안고 엉엉 울었습니다.

그러나 우리는 소리가 달라

서로의 말을 알아들을 수가 없었습니다.

어른인 나는

ㅏ ㅓ ㅗ ㅜ ㅡ ㅣ ㅔ ㅐ

를 말했습니다.

어린 나는

<u>그 느 드 르 므 브 으</u>

를 말했습니다.

그러다가 어느 순간 소리들이 허공에서 만나

말문이 트였습니다.

ㄱㅏ ㅈㅏ

ㅁㅣ ㅈㅏㅇㅑ

그제야 소리가 들렸습니다.

어린 내가 붕어처럼 입을 뻥긋대면

어른인 내가 응답했습니다.

가·자

미·자·야

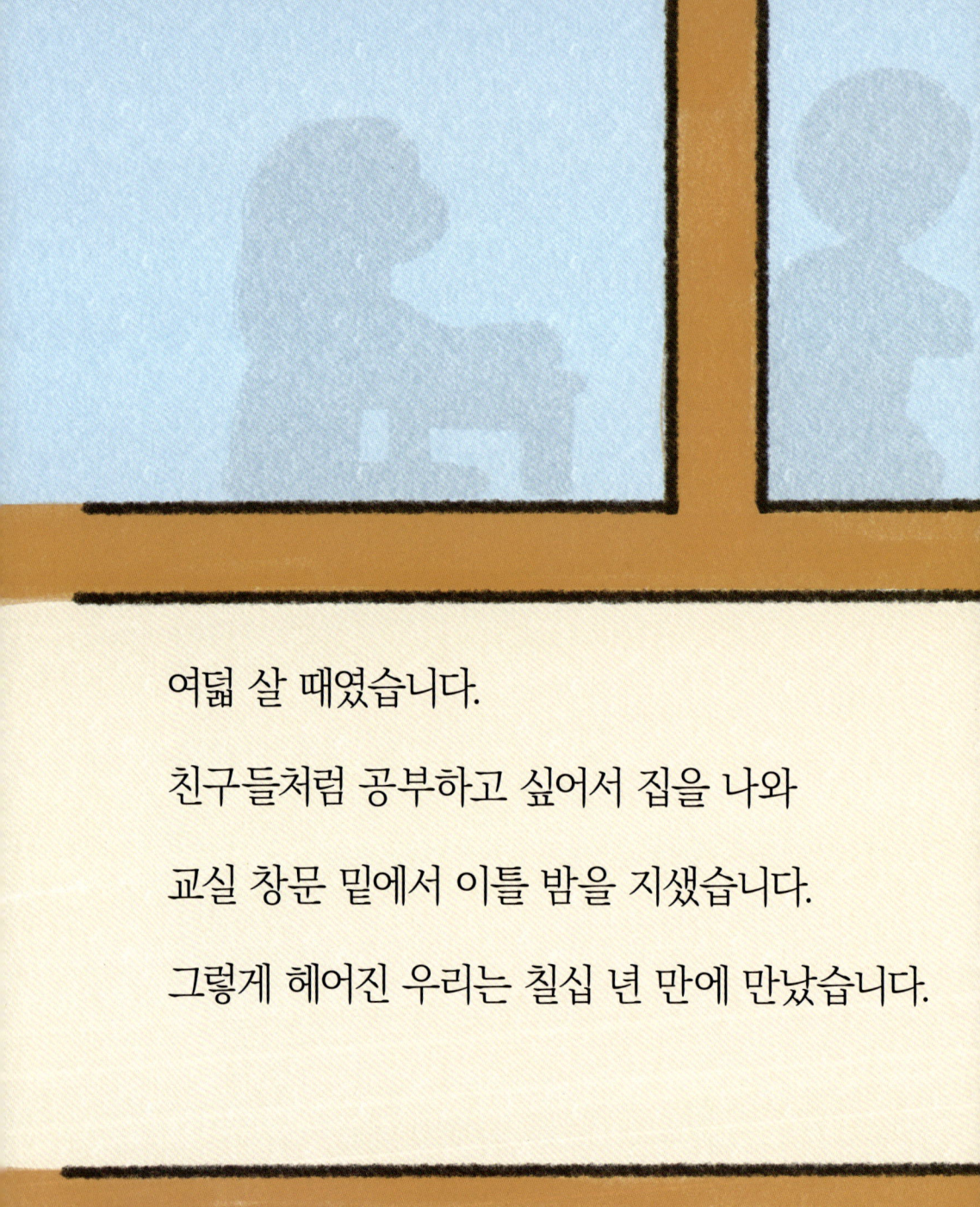

여덟 살 때였습니다.

친구들처럼 공부하고 싶어서 집을 나와

교실 창문 밑에서 이틀 밤을 지샜습니다.

그렇게 헤어진 우리는 칠십 년 만에 만났습니다.

오랜만에 참으로 편안했습니다.

늘 불안했던 인생이라

이렇게 편안해도 되나 싶었습니다.

나는 여덟 살 내 손을 맞잡고

빛이 있는 곳으로 이끌었습니다.

"우리 글자 사다리를 만들어

환한 세상으로 나아가자."

ㅏ ㅓ ㅗ ㅜ ㅡ ㅣ ㅐ ㅔ

ㅑ ㅕ ㅛ ㅠ ㅢ

ㅖ ㅒ ㅘ ㅚ ㅙ ㅝ ㅟ ㅞ

모음 스물한 자와

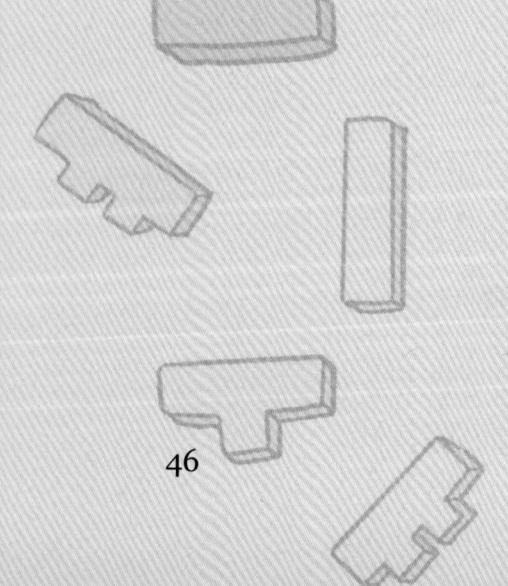

ㄱ - ㅋ ㄲ

ㄴ - ㄷ ㅌ ㄸ ㄹ

ㅁ - ㅂ ㅍ ㅃ

ㅅ - ㅈ ㅊ ㅆ ㅉ

ㅇ - ㅎ

자음 열아홉 자를 짝지었습니다.

이름을 붙였습니다.

ㄱ - 기역　　ㄴ - 니은　　ㄷ - 디귿

ㄹ - 리을　　ㅁ - 미음　　ㅂ - 비읍

ㅅ - 시옷　　ㅇ - 이응　　ㅈ - 지읒

ㅊ - 치읓　　ㅋ - 키읔　　ㅌ - 티읕

ㅍ - 피읖　　ㅎ - 히읗

받침 소리도 달았습니다.

ㄱ - 윽　　　　ㄴ - 은

ㄷ - 읃　　　　ㄹ - 을

ㅁ - 음　　　　ㅂ - 읍

ㅇ - 응

튼튼한 글자 사다리가 되었습니다.

우리는 사다리를 타고

햇빛이 들이치는 양달에서

못 배운 한을 이야기했습니다.

"왜 이제 왔어? 얼마나 외롭고 무서웠는데?"

어린 내가 여전히 토라진 목소리로 묻습니다.

"미안해……

칠십 년 만에 겨우 용기를 내어 문해학교에 갔지.

선생님이 가을이라는 동요를 가르쳐 주시는데

"가을이라 가을바람 솔솔 불어오니……"

노래를 듣는 순간 갑자기 집채만 한 울음이 터져서

그 자리에 앉아 있을 수가 없었어.

그 노래는 내가 여덟 살 때 공부하고 싶어서

학교 교실 창문 밑에서 친구들 몰래 들었던 노래잖아.

그때야 네가 생각이 났어.

정말 미안해."

"이젠 다 괜찮아,

왜정시대도, 6.25도 다 겪었는데 뭐.

언젠가는 우리가 다시 만날 거라고 믿고 있었어."

"이제라도 와 줘서 고마워."

어린 나는 주먹손으로 눈물을 닦았습니다.

"엄마는 내가 두 살 때 돌아가시고, 딸은 집안일 해야 한다며 할머니는 학교 근처에는 얼씬도 못하게 하셨지. 그 후 남의 집 애보기로 가서 온갖 고생하며 나이 먹느라 우린 점점 멀어졌지."

"결혼 후에는 남편이 일찍 하늘나라로 가 버렸어. 야속한 사람. 나무꾼과 선녀처럼 아무 데도 못가게 아이 셋만 남겨두고…….
그 아이들 키우느라 이렇게 늦게 왔어."

"난 허리가 많이 아파.

무릎도 아프고 눈도 침침하지만,

우리, 너무 애쓰지 말고

이제부터라도 행복하게 살자."

나는 나를 달래었습니다.

여든 살 나와 여덟 살 나는

웃으며 화해를 했습니다.

이제 더는 외롭지 않습니다.

맛있는 것을 먹을 때도

공부를 할 때도 그 아이는 나와 함께 있습니다.

내 안에서 쑥쑥 자라는 걸 느낍니다.

벼랑 끝에 핀 참혹하리만치 아름다운 꽃처럼,

그 아픈 날들은 문해동화

이야기꽃으로 피어났습니다.

지은이의 말

전국에는 초등학교조차 다니지 못한 어르신들이 수도 없이 많다. 대부분 일제강점기와 6.25 등으로 나라가 무너지던 시기에 태어나, 가족 부양과 경제 개발에 힘쓰느라 배움의 기회를 놓쳤기 때문이다.

이제는 다들 먹고살 만해졌다지만 그분들의 못 배운 한(恨)은 여전히 남아 있다.

이 책은 그분들을 위해 만들었다.

이미 말은 체계가 잡힌 어르신들이 어떻게 그 말을 읽고 글자로 나타낼 수 있을까를 고민했다.

한글은 모음 21자와 자음 19자가 합쳐 최대 11,700여 자를 만들 수 있다.

낱자로 일만여 글자를 배우기에는 무리라 생각되어 원리 네 가지만 익힐 수 있게 이야기 동화로 엮었다.

전국의 수많은 문해학교 어르신들께 위로와 격려와 응원을 보낸다.

엄계옥